Analyse d'œuvre

Rédigée par Aurélie Tilmant

Les Fourberies de Scapin

de Molière

Profil Littéraire

MOLIÈRE   5

LES FOURBERIES DE SCAPIN   6

LA VIE DE MOLIÈRE   8

L'appel des planches

L'Illustre-Théâtre

La troupe de Monsieur

Le rideau tombe

RÉSUMÉ DES *FOURBERIES DE SCAPIN*   15

Acte premier

Acte II

Acte III

L'ŒUVRE EN CONTEXTE   20

La grandeur de la France

Une censure plus vivace que jamais

La genèse des *Fourberies de Scapin*

ANALYSE DES PERSONNAGES   23

Les pères

Les fils

Les filles

Les valets

ANALYSE DES THÉMATIQUES   28

Le conflit des générations

L'amour et le mariage

Le théâtre

La vengeance

Le triomphe des valets

STYLE ET ÉCRITURE   35

Structure de la pièce

Fourberies et farces

Une comédie classique

Une œuvre inspirée d'autres pièces

LA RÉCEPTION DES *FOURBERIES DE SCAPIN*   42

Des critiques partagés

Postérité de l'œuvre

Reprises et adaptations cinématographiques

BIBLIOGRAPHIE   47

MOLIÈRE

- Né en 1622 à Paris.
- Mort en 1673 dans la même ville.
- **Quelques-unes de ses œuvres :**
  - *Le Tartuffe* (comédie en cinq actes et en vers, 1667)
  - *L'Avare* (comédie en cinq actes et en prose, 1668)
  - *Le Malade imaginaire* (comédie en trois actes et en prose, 1673)

Jean-Baptiste Poquelin, dit Molière, est un dramaturge français classique ayant vécu au XVIIᵉ siècle. Comédien avant de devenir écrivain, il a fait partie de la troupe officielle du roi Louis XIV (1638-1715).

Son origine bourgeoise lui ouvre les portes d'un enseignement riche en art et en sciences. Très vite attiré par le monde du spectacle, il délaisse la carrière de tapissier du roi que son père souhaitait lui transmettre afin de monter sa propre troupe de théâtre. Ses talents de comédien et de metteur en scène lui apportent rapidement la notoriété. Il commence à écrire ses propres pièces vers 1650 et connaît, dès 1659, un triomphe fulgurant grâce aux *Précieuses ridicules*.

Mais derrière le caractère badin de ses créations se cache une critique acerbe de la société qui lui vaut à plusieurs reprises d'être censuré (*Dom Juan*, 1665, et *Le Tartuffe*). Molière n'en reste pas moins un virtuose du rire, et la comédie classique devient rapidement son genre de prédilection. Il enchaîne les succès avec *Le Misanthrope* (1666), *L'Avare*, *Le Bourgeois gentilhomme* (1670) ou encore *Les Femmes savantes* (1672), avant de s'éteindre peu après la quatrième représentation du *Malade imaginaire*.

LES FOURBERIES DE SCAPIN

- **Genre :** comédie en trois actes et en prose.
- **1re édition :** en 1671.
- **Édition de référence :** *Les Fourberies de Scapin*, Paris, Gallimard, 2013.
- **Personnages principaux :**
  - Argante, père d'Octave et de Zerbinette
  - Géronte, père de Léandre et de Hyacinte
  - Octave, fils d'Argante et amant de Hyacinte
  - Léandre, fils de Géronte et amant de Zerbinette
  - Zerbinette, amante de Léandre dont on découvre qu'elle est la fille d'Argante
  - Hyacinte, fille de Géronte et amante d'Octave
  - Scapin, valet de Léandre
  - Silvestre, valet d'Octave
- **Thématiques principales :** le conflit des générations, l'amour, le mariage, le mensonge, la ruse, la vengeance.

Les Fourberies de Scapin de Molière, pièce achevée à la fin de l'année 1670, est représentée pour la première fois le 24 mai 1671 à Paris sur la scène de théâtre de la salle du Palais-Royal, par la troupe du roi. Cette comédie classique destinée à la ville paraît alors que le roi avait commandé à Molière une pièce à machines qu'il souhaitait somptueuse : la comédie-ballet *Psyché*. Le dramaturge crée donc *Les Fourberies* dans un but bien précis : occuper les comédiens en attendant la fin des travaux nécessaires pour que la salle de spectacle puisse accueillir *Psyché* et divertir le public pour bien le disposer à cette œuvre qu'il souhaitait magistrale. Malheureusement pour Molière, *Les Fourberies de Scapin* ne séduisent pas le public : le succès est modeste et l'auteur est contraint de la retirer de l'affiche après quelques jours.

Depuis, pourtant, Scapin et ses fourberies ont triomphé, au point de faire de cette pièce l'une des plus jouées du répertoire de Molière ! Abordant des thèmes éternels tels que l'amour, le mensonge, la ruse, et multipliant les situations cocasses, la comédie est plus moderne qu'il n'y paraît, et contrairement aux spectateurs du XVIIe siècle, le public d'aujourd'hui rit aux éclats devant les farces du héros.

LA VIE DE MOLIÈRE

Portrait de Molière.

L'APPEL DES PLANCHES

Selon le registre paroissial de l'église Saint-Eustache de Paris, un enfant du nom de Jean-Baptiste Poquelin est baptisé le 15 janvier 1622. Ses parents, Jean (mort en 1669) et Marie (morte en 1632), sont tous deux issus d'une lignée de tapissiers. Cette famille bourgeoise prospère dans le commerce, et, en 1631, Jean Poquelin devient tapissier ordinaire du roi de France, Louis XIII (1601-1643). L'avenir du jeune Jean-Baptiste est donc tout tracé : il reprendra l'office paternel. Mais c'est sans compter l'influence de son grand-père maternel, Louis Cressé (mort en 1638), qui lui transmet son goût pour l'art. Il l'initie à la lecture, lui présente ses amis artistes et l'emmène régulièrement au théâtre. En 1632, la mère de Jean-Baptiste décède. Cette mort prématurée laissera une blessure et un vide dans sa vie comme dans son œuvre.

En 1635, Jean-Baptiste entre au collège de Clermont. L'enseignement jésuite renforce l'attrait du jeune garçon pour le théâtre : les élèves étudient les Anciens et s'adonnent à des représentations théâtrales. Soucieux de l'avenir de son fils, Jean Poquelin obtient la survivance de son office en 1637 : il lui est accordé de désigner son successeur à la charge de tapissier et valet de chambre du roi. Jean-Baptiste, qui ne peut refuser cet honneur royal, prête serment.

Cependant, petit à petit, il se détourne du commerce paternel et entreprend, dès 1641, des études de droit à Orléans. Il devient avocat, mais ne plaidera qu'une seule cause. Forcé d'honorer son serment, il remplace son père auprès du roi alors en déplacement à Narbonne. Mais cette charge ne lui convient pas, pas plus que le droit : le jeune homme est irrésistiblement attiré par les planches.

L'ILLUSTRE-THÉÂTRE

Âgé de 20 ans et la tête emplie de rêves, Jean-Baptiste projette de créer sa propre troupe avec ses amis les Béjart, Pinel et Beys. Cette ambition se concrétise le 30 juin 1643 avec la création de l'Illustre-Théâtre dans la salle du jeu de paume des Métayers. L'aventure démarre, mais très vite les dettes s'accumulent. Sans public, la troupe change de lieu et investit dans de nouveaux comédiens. Ainsi, le 28 juin 1644, la troupe engage devant notaire un danseur professionnel. Cet événement insignifiant n'a d'intérêt que dans la signature de Jean-Baptiste, qui, pour la première fois, signe de son pseudonyme : Molière.

Malgré ses diverses tentatives pour éponger les dettes du petit groupe, la situation se dégrade, si bien qu'en 1645 Molière est jeté en prison pour quelques mois. De plus, la troupe vit les événements de la Fronde (1648-1653) de trop près. Les comédiens entretiennent aux yeux du pouvoir des relations ambiguës avec des proches des frondeurs : c'est la fin de l'Illustre-Théâtre. Molière gagne alors la province. En 1648, il rejoint avec les Béjart la troupe de Charles Dufresne (vers 1611-vers 1684), alors sous la protection du duc d'Épernon (1592-1661). Celui-ci abandonne hélas ses activités peu de temps après. La troupe prospère seule cinq années durant, pendant lesquelles Molière en devient le directeur, avant de s'installer en 1653 à Pézenas à la cour du prince de Conti (1629-1666). Les représentations s'enchaînent jusqu'en 1657 lorsque le prince se tourne vers la religion et chasse les comédiens.

LA TROUPE DE MONSIEUR

Après 13 années passées en province, Molière prépare son retour à Paris. La troupe monte à Rouen et rencontre les frères Corneille. Molière n'a alors plus qu'une ambition : devenir comédien du roi. Sur les recommandations de Pierre Corneille (1606-1684), il organise son projet et se place sous la protection de Monsieur, Philippe de France (1640-1701), le frère unique de Louis XIV. Désireux de montrer sa troupe au roi, celui-ci fait jouer *Nicomède* de Corneille, mais la représentation ne séduit pas. Molière enchaîne avec l'une de ses créations, *Le Docteur amoureux*, qui remporte, elle, un vif succès. Le roi, enthousiaste, récompense la troupe de Monsieur en lui octroyant la salle du Petit-Bourbon. Molière se rapproche de la consécration.

En 1659, la troupe joue *Les Précieuses ridicules* devant le Tout-Paris. Le succès est mitigé : on déplore l'imitation des anciens et les portraits peu flatteurs de ses contemporains. Cependant, plus les représentations se succèdent, plus le succès grandit et avec lui la réputation de l'auteur-comédien. À la mort de son frère en 1660,

Molière reprend par fidélité familiale la charge de tapissier du roi, mais également parce que c'est là une opportunité unique de rencontrer le roi régulièrement. Une connivence s'installe entre lui et le monarque. Cette même année, *Le Dépit amoureux*, *L'Étourdi* et *Le Cocu imaginaire* sont publiés.

| *Louis XIV et Molière*, tableau de Jean-Léon Gérôme, 1862.

Le mois d'octobre sonne le glas du Petit-Bourbon : l'administration entame sa destruction. Le roi offre alors la salle du Palais-Royal aux comédiens de son frère. D'importants travaux de rénovation débutent pendant lesquels la troupe joue pour le roi. Le nouveau théâtre, aménagé selon la disposition italienne de l'espace scénique (séparation des comédiens et des spectateurs), est inauguré le 4 février 1661 avec *Dom Garcie de Navarre ou le Prince jaloux* qui ne remporte aucun succès. Viennent heureusement ensuite de francs triomphes avec *L'École des maris* et *Les Fâcheux*.

LE RIDEAU TOMBE

L'année 1662 est couronnée de succès pour Molière, tant au niveau personnel que professionnel : il épouse Armande de Béjart (dont on ignore à l'époque si elle est la sœur ou la fille de Madeleine) et joue

L'École des femmes. Malgré des critiques la jugeant inconvenante et grivoise, la pièce suscite un vif engouement. Molière atteint en 1663 la reconnaissance qu'il cherchait tant : il est inscrit sur la liste des pensions accordées par le roi aux auteurs de son temps.

Le premier enfant de Molière et d'Armande naît en 1664, mais il décède à peine cinq mois plus tard. Le couple donnera naissance à un second enfant, une fille prénommée Esprit-Madeleine (prénom composé à partir de ceux des parents d'Armande, levant ainsi le doute sur sa parenté avec Madeleine) un an plus tard.

Cette même année, Molière reçoit une mission du roi, celle de révéler au royaume son amour secret pour Mlle de La Vallière (1644-1710), sa maîtresse, lors d'une fête qui durera huit jours ! De nombreuses pièces sont jouées pour l'occasion, parmi lesquelles *Le Tartuffe*, qui dénonce l'hypocrisie de la dévotion. Quelques jours plus tard, la comédie est censurée à la demande des représentants de l'Église. Cela n'empêche guère la troupe d'être sacrée troupe du roi en 1665 : c'est la consécration !

Malgré son succès, Molière collectionne les scandales. *Le Tartuffe* ayant été interdit et ayant provoqué une importante querelle, Molière décide de monter un spectacle qui ne devrait pas susciter la critique et cherche donc à se réconcilier avec son public. C'est ainsi qu'il écrit *Dom Juan ou le Festin de pierre*. Le succès qui en découle témoigne de sa réussite, mais l'œuvre est à nouveau interdite après quelques représentations et ne sera plus jamais reprise du vivant de l'auteur. En 1666, il compose de nouvelles pièces dont *Le Misanthrope* qui, incomprise, reçoit un accueil mitigé, et *Le Médecin malgré lui*. Souffrant d'une maladie pulmonaire, il se retire à Auteuil pour se reposer. De retour à la Cour, il compose et joue *Amphitryon* et *L'Avare* en 1668.

En 1670, Molière compose *Le Bourgeois gentilhomme* et entame avec Corneille, Quinault (poète français, 1635-1688) et Lully (compositeur italien naturalisé français, 1632-1687) la création de *Psyché*, une comédie-ballet. En attendant la première représentation de ce spectacle total, Molière joue *Les Fourberies de Scapin* en 1671. Quelques mois plus tard, Madeleine Béjart s'éteint, de même que le dernier enfant de Molière, peu après sa naissance.

Le 17 février 1673, Molière, de plus en plus souffrant, joue *Le Malade imaginaire* et fait un malaise lors d'une représentation de la pièce. Il meurt chez lui quelques heures plus tard. À la demande du roi, Jean-Baptiste Poquelin dit Molière est inhumé le 21 février au cimetière Saint-Joseph.

RÉSUMÉ DES
FOURBERIES DE SCAPIN

ACTE PREMIER

Scène I. En l'absence de son père, Octave a épousé Hyacinte, une jeune fille de naissance inconnue. Mais, lorsque Argante est de retour, celui-ci annonce son intention de l'unir à la fille du seigneur Géronte. Marié sans le consentement de son père, Octave craint sa colère.

Scène II. Scapin, le valet de Léandre, questionne Octave sur son trouble. Le jeune homme raconte son mariage et fait part de ses inquiétudes quant à la réaction de son père. Il lui apprend également que Léandre est tombé amoureux de Zerbinette, une jeune Égyptienne.

Scène III. Octave assure à Hyacinte qu'il refuse le projet de son père. Tous deux implorent l'aide de Scapin afin de faire accepter leur union à Argante. Scapin prépare Octave à la confrontation qui, malgré des propos résolus, s'enfuit à l'arrivée de son père.

Scène IV. Argante, au fait du mariage de son fils, cherche Silvestre, le valet d'Octave, afin de lui demander de rendre des comptes. Scapin intervient pour défendre Octave, prétextant qu'il faut mettre cela sur le compte de la naïveté de la jeunesse. Argante, que Scapin a persuadé qu'il s'agissait d'un mariage forcé, est déterminé à le faire annuler.

Scène V. Scapin embarque Silvestre dans son plan pour sauver leurs jeunes maîtres en projetant de le déguiser en un personnage nécessaire pour mener à bien sa ruse.

ACTE II

Scène I. Argante apprend à Géronte la trahison d'Octave. Selon Géronte, une mauvaise éducation en est la cause. Argante se défend en laissant entendre que Scapin a rapporté la mauvaise conduite de Léandre, le fils de Géronte, qui serait bien plus condamnable.

Scène II. Géronte demande à son fils une explication sur son comportement en son absence. Léandre se défend maladroitement et rougit en apprenant que Scapin aurait avoué les sentiments qu'il éprouve à l'égard de Zerbinette.

Scène III. Léandre menace Scapin pour qu'il avoue sa trahison. Le valet, à son tour défendu par Octave, feint d'ignorer son crime et avoue trois fourberies récemment commises, mais hors de propos. Léandre s'impatiente et insiste. Scapin clame son innocence et certifie qu'il n'a pas vu Géronte depuis son retour.

Scène IV. Carle, un fourbe, annonce à Léandre que la famille égyptienne de Zerbinette menace de la lui enlever à jamais s'il refuse de payer la somme demandée pour l'épouser. Léandre oublie alors la trahison de Scapin et implore son aide. Celui-ci fait mine de refuser, vexé d'avoir été accusé. Supplié par Léandre et Octave, Scapin accepte de mettre ses ruses à leur service en soutirant l'argent nécessaire à leur père.

Scène V. Scapin tente tout d'abord de convaincre Argante de renoncer à rompre le mariage par un procès. Pour ce faire, il invente un frère à Hyacinte avec qui Argante pourrait passer un accord : contre 200 pistoles, il consentirait à rompre l'union de sa sœur. Argante refuse et préfère payer un procès.

Scène VI. Le frère de Hyacinte, qui n'est autre que Silvestre déguisé en spadassin, arrive et Argante se cache derrière Scapin. Jouant le rôle que Scapin lui a donné, Silvestre feint de ne pas reconnaître Argante.

Il brandit son épée et l'agite, montrant qu'il n'hésitera pas à user de la violence s'il s'adresse à la justice. Scapin tente de le raisonner et lui annonce qu'Argante n'a pas l'intention de le payer. Après avoir juré de le tuer, le spadassin se retire, et Argante, terrifié, consent à confier les 200 pistoles à Scapin.

Argante se cache derrière Scapin lorsque Silvestre, déguisé en spadassin, entre en scène. Frontispice ornant une édition datée de 1740.

Scène VII. Scapin s'attaque ensuite à Géronte. Il lui raconte que son fils vient d'être enlevé et emmené sur une galère par un Turc. Le ravisseur réclame une rançon de 500 écus pour libérer Léandre.

Géronte, bien qu'affligé, semble réticent à l'idée de débourser autant d'argent. Scapin parvient cependant à le convaincre, et celui-ci lui confie la somme demandée.

Scène VIII. Scapin annonce à Octave et à Léandre qu'il a accompli sa mission et leur remet l'argent dérobé à leurs pères respectifs. Fort de sa réussite, il parvient à obtenir de son jeune maître la permission de se venger du tour que Géronte lui a joué en faisant douter Léandre de sa loyauté.

ACTE III

Scène I. Zerbinette et Hyacinte discutent de leurs situations, d'amour et de la condition des femmes. Zerbinette demande à Scapin de raconter ses stratagèmes. Trop occupé à préparer sa vengeance, il confie ce récit à Silvestre qui tente de le dissuader de son projet.

Scène II. Scapin met sa vengeance à exécution. Il apprend à Géronte que la famille de Hyacinte le pense responsable des intentions d'annulation de mariage d'Argante et le recherche avec l'intention de le tuer. Pour échapper à leur fureur, Scapin lui propose de se cacher dans un sac et de l'emmener en lieu sûr. Le maître consent à la ruse et Scapin feint l'arrivée de plusieurs spadassins : imitant diverses voix, le valet roue de coups le sac. Souffrant, Géronte sort discrètement la tête et découvre la supercherie.

Scène III. Ignorant l'identité de Géronte, Zerbinette lui raconte par mégarde le stratagème de Scapin pour lui voler son argent. Géronte jure de se venger de cette ruse.

Scène IV. Zerbinette apprend par Silvestre l'identité de l'homme à qui elle a tout révélé, sans en faire grand cas.

Scène V. Argante fait part à Silvestre de son intention de se venger de Scapin.

Scène VI. Argante et Géronte partagent leurs déboires. Doublement accablé, Géronte vient d'apprendre par l'un de ses hommes que sa fille a sans doute péri dans un naufrage.

Scène VII. La nourrice de Hyacinte, Nérine, apprend à Géronte que sa fille est en vie, mais que, par désespoir et pauvreté, elle l'a mariée avec un dénommé Octave.

Scène VIII. Silvestre informe Scapin qu'Octave a épousé par hasard la jeune fille à qui son père voulait l'unir et prévient son ami de la colère de leurs maîtres.

Scène IX. Géronte retrouve sa fille.

Scène X. Argante révèle à Octave l'identité de celle qu'il a épousée. Malgré les recommandations de Hyacinte, Géronte s'oppose toujours à l'union de Léandre et de Zerbinette.

Scène XI. Léandre certifie à son père que Zerbinette, bien que de naissance inconnue, est une jeune femme de bonne famille, enlevée à l'âge de quatre ans à ses parents que le bracelet qu'elle porte depuis toujours permettra de retrouver. Contre toute attente, Argante reconnaît en Zerbinette, grâce à ce bijou, sa propre fille disparue.

Scène XII. Carle annonce une triste nouvelle, Scapin est mourant : un marteau vient de lui tomber sur la tête, lui fracassant le crâne.

Scène XIII. Avant de rendre l'âme, Scapin tient à s'excuser auprès des deux seigneurs qu'il a offensés. Loin d'être mortel, cet accident est en réalité une ultime fourberie du valet lui permettant d'obtenir le pardon sans condition d'Argante et de Géronte.

L'ŒUVRE EN CONTEXTE

LA GRANDEUR DE LA FRANCE

Lorsque la guerre de Dévolution (1667-1668) contre l'Espagne prend fin, Louis XIV est le monarque le plus puissant d'Europe et, *a fortiori*, le plus puissant du monde.

En 1671, quand Molière compose *Les Fourberies de Scapin*, le roi règne seul depuis dix ans. Mais le pouvoir absolu ne suffit pas à lui faire oublier la Fronde au cours de laquelle les grands du royaume se sont révoltés contre son autorité. Bien décidé à domestiquer sa Cour, il lance en 1664 des travaux à Versailles afin de transformer ce qui était encore un petit château en un splendide palais royal afin d'y rassembler les nobles. En 1667, la Cour y prend ses quartiers. Louis XIV peut dès lors la surveiller de près et il la tient occupée par de grands divertissements (spectacles et fêtes en tout genre), espérant ainsi la détourner de toute envie de soulèvement.

UNE CENSURE PLUS VIVACE QUE JAMAIS

S'ouvre donc une période de magnificence au cours de laquelle le roi donne de grandes fêtes, ce dont la sphère littéraire ne peut que se réjouir : musique, danse, spectacle et théâtre sont au programme. S'il est vrai que le XVIIe siècle encourage les beaux-arts et les lettres, et que les subventions et les mécènes ne manquent pas, il ne s'agit toutefois pas de tout accepter. Le roi règne seul, peut-être, mais les représentants de l'Église exercent encore un pouvoir certain. Ainsi, les œuvres qui ne plaisent pas ou qui vont à l'encontre des principes établis sont rapidement interdites, et l'appui de la Cour n'est à cet égard d'aucune utilité.

Molière fait les frais de cette censure. Plusieurs de ses pièces sont interdites, notamment *Le Tartuffe* et *Dom Juan*. Tout d'abord parce que l'Église condamne les comédiens, jugés comme des pécheurs, malgré l'ordonnance promulguée par Louis XIII en 1641 qui précisait sa volonté que « [...] leur exercice, qui peut innocemment divertir nos peuples de diverses occupations mauvaises, ne [pouvait] leur être imputé à blâme ni préjudice à leur réputation dans le commerce public » (BOMATI (Yves), « Contextes », in *Les Fourberies de Scapin*, Paris, Larousse, 1998, p. 17). Ensuite parce qu'en cette période d'ordre et de rigueur, tout est codifié. Depuis la création de l'Académie française par Richelieu (prélat et homme d'État français, 1585-1642) en 1635, le classicisme se préfigure : on théorise, on codifie et on instaure des règles. Le théâtre se voit lui aussi réglementé en 1640, et, pour triompher, il convient d'observer scrupuleusement ces principes.

LE CLASSICISME ET SES RÈGLES

Au XVIIᵉ siècle, la sphère littéraire française est dominée par le classicisme. Ce mouvement littéraire prône avant tout la recherche du beau absolu. Pour atteindre cette perfection tant recherchée, il convient d'observer scrupuleusement certaines règles établies, au risque de subir la censure.

En effet, lorsqu'en 1635 le cardinal Richelieu fonde l'Académie française, les genres littéraires sont hiérarchisés et réglementés. Le théâtre se voit ainsi codifié, et les dramaturges sont contraints de respecter diverses contraintes. Si la tragédie apparaît comme le genre théâtral par excellence, la comédie est quant à elle dénigrée, mais acceptée si toutefois elle se plie aux règles émises par l'Académie. Parmi celles-ci, certaines sont communes à toute pièce de théâtre, d'autres en revanche sont spécifiques à la comédie :

- **la règle des trois unités** (temps, lieu et action). Toute pièce de théâtre se doit de présenter un récit se déroulant en 24 heures, dans un seul décor et ne traitant que d'une seule intrigue ;
- **la règle de bienséance.** Les pièces de théâtre ne doivent en aucun cas comporter des scènes choquantes ou vulgaires (violence, mort, adultère, etc.) qui porteraient atteinte à la morale et au bon goût. Ces scènes peuvent être racontées par un personnage, mais ne peuvent être jouées ;
- **la règle de vraisemblance.** Toute pièce de théâtre se doit de proposer une intrigue réaliste, dépourvue de surnaturel ou de fantaisie ;

- **les personnages**. Contrairement à la tragédie, la comédie classique doit mettre en scène des personnages issus de conditions moyennes, c'est-à-dire d'origine populaire ou bourgeoise, et non des princes, des héros ou des nobles ;
- **l'histoire**. L'intrigue d'une comédie classique doit être inventée par le dramaturge. Contrairement à la tragédie, la comédie ne peut s'inspirer de l'histoire et ne peut sortir du cadre de la vie ordinaire. De plus, les péripéties et les rebondissements doivent aboutir à un dénouement heureux ;
- **un rire contrôlé**. Considéré comme immoral car irrationnel et incontrôlé, le rire n'est accepté que s'il peut être analysé et expliqué. Le seul moyen d'y parvenir est de recourir à des procédés comiques, également hiérarchisés, qui permettent de contrôler le rire.

LA GENÈSE DES *FOURBERIES DE SCAPIN*

S'il vaut certes mieux écrire une tragédie, bien mieux considérée qu'une comédie, Molière n'en a cure, lui qui excelle dans le genre et aime par-dessus tout dénoncer, se moquer et faire rire son public.

En 1671, Molière reçoit l'ordre de créer une pièce somptueuse qui sera jouée au cours d'une fête que Louis XIV souhaite organiser pour sa maîtresse : ce sera *Psyché*. Tragédie ou comédie-ballet, ce grand projet est le fruit d'une collaboration entre Molière, Corneille, Quinault et Lully. Il s'agit d'une pièce à machines au décor époustouflant qui sera jouée pour la première fois en janvier 1671 au théâtre des Tuileries avant d'être présentée au Palais-Royal en juillet. Le roi veut quelque chose de grand, capable de satisfaire les envies de luxe et de splendeur de la Cour. *Psyché* nécessite des aménagements spécifiques dans le théâtre, et, en attendant la fin des travaux, les acteurs sont désœuvrés et le public, qu'il faut aussi bien disposer à l'égard de la prochaine grande œuvre, est délaissé. Afin de l'occuper, Molière compose *Les Fourberies de Scapin*. Cette comédie en trois actes n'a d'autre but que de faire rire. L'auteur veut une pièce gaie et légère, sans dénonciation, à présenter aux spectateurs de la ville. C'est chose faite ! Fin de l'année 1670, l'œuvre est prête, comme en témoigne son privilège daté du 31 décembre.

ANALYSE DES PERSONNAGES

Les protagonistes principaux des *Fourberies de Scapin* sont au nombre de huit. Deux pères, deux fils, deux filles et deux valets se partagent la scène. Bien qu'il existe de grandes ressemblances entre les doubles de chaque famille, chacun représente un type théâtral particulier.

Les relations des personnages

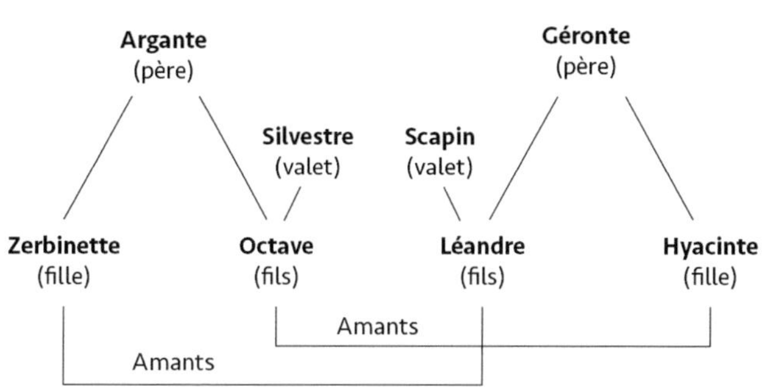

LES PÈRES

Argante

Argante est le père d'Octave et, le lecteur l'apprend à la fin de la pièce, celui de Zerbinette. C'est un riche seigneur veuf dont la réputation n'est plus à faire. Son retour marque le début de l'intrigue puisqu'il s'oppose à l'union de son fils Octave avec Hyacinte.

Le personnage d'Argante se définit comme le type même du père autoritaire. Le trouble dans lequel son fils est plongé lorsqu'il apprend son retour témoigne de la peur qu'il inspire. Il apparaît comme un tyran, odieux et coléreux. Argante attend qu'on lui obéisse et supporte mal la trahison. De plus, il porte un regard méprisant sur la jeunesse et sa naïveté. Toutefois, il semble plus humain que Géronte et son amour paternel transparaît à plusieurs reprises, notamment quand il retrouve sa fille.

Sa tyrannie cache une certaine faiblesse face au danger comme lorsque, devant Silvestre déguisé en spadassin, il se réfugie derrière Scapin. Fort et virulent avec ceux qui lui doivent le respect, Argante est moins courageux face à ses ennemis. Par ailleurs, il se révèle plutôt crédule, se laissant manipuler de nombreuses fois par Scapin.

Géronte

Géronte est le père de Léandre, mais également celui de Hyacinte, ce que le lecteur découvre à la fin de la pièce. Tout comme son ami Argante, il est riche, veuf et d'un âge avancé. Lui aussi joue le rôle d'opposant à l'amour de son fils.

Sa réputation de tyran le précède et il apparaît aussi odieux que son ami. Véritable despote sans âme, il corrige tous ceux qui lui désobéissent ou le trahissent. Ce protagoniste représente le type même du père tyrannique qui tient chacun en respect. Bien moins paternel qu'Argante, il s'intéresse plus à son capital financier qu'à son fils, comme en témoigne sa réticence à payer la rançon demandée en échange de la libération de Léandre. Malgré ses propres défauts, il n'hésite pas à juger les autres et à jouer le moralisateur. Sa force de caractère fait de lui le seul personnage capable de s'opposer à Scapin, même s'il se montre souvent aussi naïf que les autres personnages sur les intentions de son valet. Géronte laisse cependant transparaître une certaine humanité lorsqu'il retrouve sa fille.

LES FILS

Octave

Octave est le fils d'Argante et l'amant de Hyacinte, qu'il épouse sans le consentement de son père. Jeune homme de bonne famille, il est financièrement dépendant de son père. Octave incarne le personnage de l'amoureux insouciant et candide, porté par la légèreté et l'impulsivité de la jeunesse.

Loin d'être fort, il n'ose pas affronter Argante et n'a pas le courage de ses résolutions. S'il tremble devant la tyrannie de son père, il est pourtant aussi rude avec ceux qui lui doivent obéissance comme Silvestre ou Scapin. Arrogant, égoïste, mais tout à la fois aimable et digne, Octave se laisse facilement manipuler par Scapin dans les mains duquel il n'est qu'un instrument. Sa faiblesse ne l'abandonne qu'un temps, lorsqu'il se résout à tenir tête à son père pour l'amour de son épouse.

Léandre

Léandre est le fils de Géronte et l'amant de Zerbinette. Jeune héritier néanmoins sans le sou, il est aussi ignorant et impulsif que son ami Octave. Sa jeunesse le pousse à poser des actes irréfléchis dont il assume difficilement les conséquences. Il incarne également le type de l'amoureux transi.

Paralysé devant un père autoritaire, Léandre est toutefois bien plus téméraire devant les sous-fifres que sont Silvestre et Scapin, qu'il n'hésite pas à menacer. Tantôt violent lorsqu'on lui désobéit, tantôt humble lorsqu'il a besoin d'un service, il apparaît comme un personnage aussi antipathique que dangereux. De plus, il se présente comme un être presque sans âme lorsqu'il autorise Scapin à se venger de son père sans le moindre scrupule, pourvu qu'il obtienne ce qu'il désire. Ainsi son égoïsme n'a d'égal que sa lâcheté.

LES FILLES

Zerbinette

Celle que l'on pensait Égyptienne jusqu'à ce qu'elle soit reconnue par son père Argante est l'amante de Léandre. Zerbinette a été enlevée à ses parents alors qu'elle n'avait que quatre ans.

Jeune et pauvre, elle apparaît enjouée et frivole. Sa gaieté et sa vivacité vont de pair avec sa jeunesse d'esprit. Zerbinette est bavarde, imprévisible et rit facilement aux éclats. Elle est toutefois moins sotte qu'il n'y paraît. Son passé malheureux la pousse à de grandes espérances, même si elle se méfie des hommes et de leur amour. Elle incarne l'amoureuse traditionnelle dont le rôle est presque inexistant et sans grande importance, si ce n'est pour la construction de l'intrigue.

Hyacinte

Épouse d'Octave, Hyacinte est la fille illégitime que Géronte avait pris soin de laisser à sa maîtresse. Tout comme Zerbinette, elle est jeune et pauvre. Sa personnalité contraste cependant nettement avec celle de son amie. Douce, sérieuse et réfléchie, Hyacinte est une femme mûre en dépit de son jeune âge. Son intelligence et sa lucidité, sur les hommes notamment, en font une représentation de la femme presque parfaite.

Incarnant l'amoureuse, son rôle est tout aussi inconsistant que celui de Zerbinette malgré un portrait plus avantageux.

LES VALETS

Silvestre

Valet d'Octave, Silvestre incarne le stéréotype du domestique ordinaire et du valet sage. Son obéissance et sa dévotion lui permettent d'accepter sans sourciller l'autorité de ses maîtres.

Il intervient le moins possible dans les affaires des autres et se contente de donner son avis, de conseiller ou de partager ses inquiétudes. Loin d'être un meneur, son rôle est celui d'un exécutant tout au long de la pièce, tantôt pour ses maîtres, tantôt pour Scapin.

Scapin

Valet de Léandre, Scapin est le personnage central de la pièce. Ordonnateur et metteur en scène, il dirige dans l'ombre toutes les actions et tous les personnages.

Son double rôle au sein de l'intrigue est prépondérant : d'une part, il a pour mission de faire accepter le mariage d'Octave par Argante ; d'autre part, de trouver l'argent nécessaire pour permettre celui de Léandre. Ainsi, Scapin endosse le rôle de l'intermédiaire entre les pères et leurs fils. Son énergie donne le rythme à la pièce, et sa virtuosité tient l'intrigue en mouvement.

Fourbe, Scapin l'est de profession. Son expérience dans la duplicité et la ruse lui permettent d'assumer pleinement ses fonctions. Réputé pour son esprit productif, tous les personnages font appel à son génie pour résoudre des situations fâcheuses. Scapin multiplie dès lors les fourberies et les manipulations. Il n'hésite pas non plus à philosopher et à jouer les moralisateurs afin d'arranger les choses selon ses désirs. Sans scrupules, sans peur et sans morale, il n'a que faire de l'autorité et des menaces. Qu'importent les conséquences, il trouvera bien une pirouette pour se sortir de l'impasse.

Son but personnel dans ces histoires reste toutefois un mystère : veut-il vraiment secourir ses maîtres ou cherche-t-il simplement à se divertir ?

ANALYSE DES THÉMATIQUES

La pièce *Les Fourberies de Scapin* est composée et jouée pour la première fois deux ans avant la mort de Molière. À cette époque, son théâtre est dessiné depuis longtemps. Dès 1661, *L'École des maris* annonce « le couronnement de l'amour dans la gaieté, et cela malgré la vision erronée qu'un pauvre bougre caractériel a du monde et des êtres » (MORY (Christophe), *Molière*, Paris, Gallimard, 2007, p. 161). Ainsi, les thématiques abordées par *Les Fourberies* ne sont pas nouvelles.

LE CONFLIT DES GÉNÉRATIONS

La thématique du conflit générationnel est récurrente dans l'œuvre de Molière. Les protagonistes de ses pièces se divisent en effet souvent en deux groupes principaux : d'un côté se trouvent des personnages jeunes et de l'autre des vieillards. Ces deux catégories entrent en opposition, et le dénouement de la pièce marque le triomphe de l'une des deux.

Dans *Les Fourberies de Scapin*, cette opposition est visible dès le début de la pièce. Les deux jeunes fils, Octave et Léandre, sont en désaccord avec leur vieux père, Argante et Géronte. Ce qui provoque l'opposition de ces personnages, ce sont leur caractère et leurs pensées : les fils sont naïfs et insouciants tandis que les pères sont tyranniques et avares. L'illusion de la jeunesse se voit donc confrontée à la maturité de la vieillesse.

La résolution du conflit arrive avec le dénouement de la pièce. Comme le dictent les règles du classicisme, la fin de l'intrigue se doit d'être heureuse. Reste à déterminer pour qui elle le sera. Dans *Les Fourberies de Scapin*, comme dans d'autres œuvres de Molière, la jeunesse triomphe. L'auteur semble ainsi se poser en faveur des jeunes gens. Peut-être est-ce en raison de son expérience personnelle. Rappelons-le, Molière était destiné à reprendre le commerce familial avant de s'opposer à cet avenir et de choisir la voie du théâtre.

Quelles qu'aient été ses motivations, l'auteur célèbre la jeunesse. Il se propose également de la défendre en rappelant aux vieillards qu'eux aussi ont été jeunes un jour et ont commis des sottises :

> « SCAPIN – Voulez-vous qu'il soit aussi sage que vous ? Les jeunes gens sont jeunes, et n'ont pas toute la prudence qu'il leur faudrait, pour ne rien faire que de raisonnable : témoin notre Léandre, qui, malgré toutes mes leçons, malgré toutes mes remontrances, est allé faire, de son côté, pis encore que votre fils. Je voudrais bien savoir si vous-même n'avez pas été jeune, et n'avez pas, dans votre temps, fait des fredaines comme les autres. J'ai ouï dire, moi, que vous avez été autrefois un compagnon parmi les femmes, que vous faisiez de votre drôle avec les plus galantes de ce temps-là, et que vous n'en approchiez point que vous ne poussassiez à bout. » (p. 49-50)

Toutefois, un paradoxe est à noter. Si Molière tourne Argante et Géronte en ridicule tandis qu'il offre la victoire à Octave et à Léandre, il brosse un portrait peu flatteur de la jeunesse. Elle gagne le conflit certes, mais n'en sort pas indemne. La pièce met en avant la sottise et la médiocrité des fils qui, emportés par les extravagances de la jeunesse, semblent tout aussi ridicules que leur père.

Si les fils tremblent devant leur père, cette peur ne les empêche en rien de commettre des actes irréfléchis contre la volonté de ces derniers, du moins durant leur absence. Courageux, mais pas téméraires, ils n'osent pas les défier et n'assument pas leurs actes. La lâcheté de la jeunesse est donc ici largement exploitée par Molière.

Ainsi, le conflit des générations apparaît dans *Les Fourberies de Scapin* comme le canevas sur lequel se greffent l'intrigue et les autres thèmes.

L'AMOUR ET LE MARIAGE

Nombreuses sont les pièces de Molière ayant la célébration de l'amour pour thématique principale. Dans *Les Fourberies de Scapin*, ce thème est le véritable moteur de l'intrigue. En effet, ce sont les sentiments amoureux de Léandre et d'Octave qui provoquent la situation conflictuelle nécessitant l'intervention de Scapin et de ses ruses. La pièce n'est cependant pas une ode à l'amour. Il est vrai que l'intrigue a pour point de départ les sentiments qu'éprouvent les jeunes hommes pour leurs amantes, mais le thème est traité avec une certaine ambiguïté. Bien que jeunes et un peu naïves, Hyacinte et Zerbinette ne semblent pas accorder un grand crédit aux sentiments d'Octave et de Léandre.

> « ZERBINETTE – Pour l'amour, c'est une autre chose ; on y court un peu plus de risque, et je n'y suis pas si hardie.
>
> SCAPIN – Vous l'êtes, que je crois, contre mon maître maintenant ; et ce qu'il vient de faire pour vous doit vous donner du cœur pour répondre comme il faut à sa passion.
>
> ZERBINETTE – Je ne m'y fie encore que de la bonne sorte ; et ce n'est pas assez pour m'assurer entièrement que ce qu'il vient de faire. J'ai l'humeur enjouée, et sans cesse je ris ; mais tout en riant, je suis sérieuse sur de certains chapitres ; et ton maître s'abusera, s'il croit qu'il lui suffise de m'avoir achetée pour me voir toute à lui. Il doit lui en coûter autre chose que de l'argent ; et pour répondre à son amour de la manière qu'il souhaite, il me faut un don de sa foi qui soit assaisonné de certaines cérémonies qu'on trouve nécessaires. » (p. 121-122)

Toutes deux se méfient des belles paroles et de la résistance de leur amant face au poids de l'autorité paternelle. De plus, elles rejettent un amour sans preuve et sans engagement de foi. L'amour ne rend donc pas complètement dupes les jeunes femmes.

Parallèlement à ce thème, celui du mariage est également au centre de la pièce. La conception qu'en ont les différents personnages contribue à renforcer leur opposition. Les jeunes gens aspirent à un mariage d'amour, alors que leurs pères souhaitent organiser des mariages d'intérêt. Cette double vision est fréquente dans les œuvres de Molière. Mais alors que ce sont souvent les jeunes filles qui sont victimes de ces unions arrangées avec de vieux amis riches de leur père, dans *Les Fourberies de Scapin*, ce sont les jeunes hommes qui en font les frais. L'idée d'un mariage d'amour est en effet vivement rejetée par les deux vieillards, qui ne peuvent concevoir le fondement du mariage que dans l'intérêt financier. La colère d'Argante et de Géronte est ainsi justifiée par le choix des épouses de leurs fils qui, en plus d'être de naissance inconnue et de petite vertu, sont pauvres.

L'autorité paternelle sera, malgré tout, bafouée par les jeunes hommes qui n'hésitent pas à se marier sans avoir reçu au préalable le consentement paternel. À l'époque de Molière, il s'agissait là d'un acte de trahison et d'un véritable crime. En effet, dans une ordonnance datée de 1556, le roi exige le consentement des parents pour l'union des enfants jusqu'à leur majorité (30 ans pour les hommes, 25 pour les femmes). Se marier sans celui-ci constitue donc un délit aux yeux de la loi et de l'Église. Argante et Géronte sont furieux de ce comportement.

« Argante – Tu n'as pas ouï parler de ce qui s'est passé dans mon absence ?

Scapin – J'ai bien ouï parler de quelque petite chose.

Argante – Comment quelque petite chose ! Une action de cette nature ?

[...]

Argante – Une hardiesse pareille à celle-là ?

[...]

Argante – Un fils qui se marie sans le consentement de son père ?

Scapin – Oui, il y a quelque chose à dire à cela. Mais je serais d'avis que vous ne fissiez point de bruit.

Argante – Je ne suis pas de cet avis, moi, et je veux faire du bruit tout mon soûl. Quoi ? tu ne trouves pas que j'aie tous les sujets du monde d'être en colère ? » (p. 47-48)

> « GÉRONTE – [...] Pour moi, je ne vois pas ce que l'on peut faire de pis ;
> et je trouve que se marier sans le consentement de son père, est une
> action qui passe tout ce qu'on peut s'imaginer. » (p. 64)

Autre nuance par rapport au répertoire de Molière, alors que l'aide des valets est généralement sollicitée pour tenter de convaincre les pères dans un premier temps et pour élaborer un stratagème en dernier recours, dans *Les Fourberies*, la tentative de raisonnement est supplantée d'emblée par les ruses de Scapin.

LE THÉÂTRE

Tel un miroir, l'intrigue des *Fourberies de Scapin* renvoie une image de sa propre création. Comme le souligne Jean Serroy, la pièce fait l'éloge du jeu théâtral. Par l'intermédiaire de Scapin, Molière représente dans sa pièce toutes les fonctions de l'homme de théâtre. *Les Fourberies* contiennent ainsi elles-mêmes une pièce orchestrée par Scapin.

S'il incarne avant tout le valet fourbe de Léandre, Scapin devient rapidement comédien lorsqu'il contrefait sa voix pour imiter les accents de personnages imaginaires qui rouent Géronte de coups ou lorsqu'il joue le mourant, le moralisateur ou encore le philosophe. L'instant d'après, il se transforme en dramaturge lorsqu'il invente des personnages comme celui du frère de Hyacinte, des dialogues, des jeux de scène ainsi que des scénarios lorsqu'il annonce à Géronte l'enlèvement de son fils afin de lui dérober de l'argent. Il est également un habile metteur en scène. Ordonnant les intrigues, il met en scène ses ruses, utilise les autres personnages comme des pantins et leur fait répéter leur rôle :

> « SCAPIN – Çà, essayons un peu, pour vous accoutumer. Répétons un
> peu votre rôle et voyons si vous ferez bien. Allons. La mine résolue,
> la tête haute, les regards assurés. » (p. 40)

Régnant sur l'intrigue et sur les personnages, Scapin offre une apologie du théâtre, passant d'un rôle à l'autre avec brio. Ce thème de la création théâtrale permet de rapprocher le personnage de Scapin de l'auteur lui-même. À l'instar du valet, Molière occupe lui aussi tous les rôles de l'homme de théâtre : celui d'acteur, de metteur en scène et de dramaturge. Scapin semble ainsi se dessiner comme un avatar de l'auteur.

LA VENGEANCE

Thème bien connu du théâtre, la vengeance est abordée à plusieurs reprises au sein des *Fourberies de Scapin*. En tant que compagne de la trahison et de la colère, elle trouve une place de choix dans la pièce.

Ainsi, Argante et Géronte, furieux contre leurs fils pour leur comportement et contre Scapin pour ses ruses, réclament vengeance. Il en va de même pour Scapin suite à la trahison de Géronte et pour Léandre suite à celle de Scapin. Qu'il s'agisse de réparer une faute ou de sauver leur honneur, les personnages aspirent tous à se venger. Au sein de la pièce, la vengeance prend plusieurs formes : celle du mauvais tour, de la violence, de la menace, etc.

Cependant, Molière ne met qu'une de ces vengeances à exécution (celle de Scapin envers Géronte, lorsqu'il lui demande de se cacher dans un sac). Les autres resteront des menaces lancées sous le coup de la colère et de l'indignation. Elles resteront des menaces lancées sous le coup de la colère et de l'indignation. Le désir de vengeance de Géronte pour le tour que Scapin lui joue en l'enfermant dans un sac se soldera, lui, par un pardon, arraché au moyen d'une ultime fourberie.

LE TRIOMPHE DES VALETS

On l'aura compris, au centre des *Fourberies de Scapin* se trouve le personnage du valet. Cette catégorie de personnage est largement représentée dans l'œuvre de Molière, mais le thème du valet triom-phant est cependant une nouveauté.

Loin d'être un serviteur ordinaire, Scapin détient un pouvoir certain et un rôle prépondérant dans la pièce. Le titre lui-même annonce le thème. En effet, il s'agit de l'unique pièce de l'auteur dont le titre fait référence à un valet. Scapin acquiert dès lors une place privilégiée. Il n'est pourtant pas celui qui initie l'intrigue : s'il intervient, c'est uniquement à la demande d'Octave et de Léandre. Toutes ses actions et ses ruses naissent de l'aide qu'il offre aux deux jeunes hommes. Faut-il dès lors croire qu'il accepte par pur altruisme ? Sûrement pas ! Mais alors que peut-il bien chercher ? Le triomphe certainement ; celui des faibles sur les forts, du valet sur le maître en obtenant, malgré tous ses coups bas, le remerciement général et le pardon d'Argante et de Géronte. Scapin prouve qu'il est de loin de plus rusé et le plus intelligent des personnages.

STYLE ET ÉCRITURE

STRUCTURE DE LA PIÈCE

Les Fourberies de Scapin est une comédie en trois actes, respectivement composée de cinq, huit et treize scènes. Tout au long de ces vingt-six scènes, le rythme est bondissant, l'allure soutenue et l'intrigue divertissante.

- Acte I : exposition de l'intrigue
  - Situation initiale et préparation des fourberies
- Acte II : nœud de l'intrigue
  - Fourberies aux services des fils et double triomphe de Scapin (extorsion de l'argent aux pères)
- Acte III : dénouement de l'intrigue
  - Fourberies au service de Scapin et triomphe de ce dernier (reconnaissance et pardon)

La pièce comporte dix personnages, huit principaux et deux secondaires. Ils peuvent être divisés en deux groupes : d'un côté la famille d'Argante et de l'autre celle de Géronte. Ces deux familles présentent une structure symétrique : un père, un fils, une fille et un valet. Cette symétrie de construction permet à Molière d'opposer chaque protagoniste à son double.

FOURBERIES ET FARCES

La pièce se structure autour de huit fourberies. Scapin est un valet rusé dont l'intelligence n'a d'égale que sa créativité. Comme il l'avoue lui-même, il est doué pour les intrigues. Au cours de la pièce, il invente ruse sur ruse pour s'amuser, aider ou se venger.

- Fourberie 1 (acte I, scène IV) : Scapin affirme à Argante que le mariage de son fils à été forcé par la famille de la jeune femme.
- Fourberie 2 (acte II, scène III) : Scapin avoue à Léandre avoir bu son vin et avoir fendu le tonneau pour faire croire à un accident.
- Fourberie 3 (acte II, scène III) : Scapin avoue à Léandre avoir feint de s'être fait attaqué pour lui voler la montre qu'il lui avait confiée.

- Fourberie 4 (acte II, scène III) : Scapin avoue à Léandre s'être déguisé en loup-garou et l'avoir roué de coups.
- Fourberie 5 (acte II, scène VI) : Scapin déguise Silvestre en spadassin pour effrayer Argante et lui soutirer de l'argent.
- Fourberie 6 (acte II, scène VII) : Scapin invente à Géronte l'enlèvement de son fils par un Turc pour lui soutirer de l'argent.
- Fourberie 7 (acte III, scène II) : Scapin convainc Géronte de se cacher dans un sac pour éviter le spadassin qui le recherche, et invente des personnages qui le violentent pour se venger.
- Fourberie 8 (acte III, scène XIII) : Scapin feint un accident mortel pour obtenir le pardon d'Argante et de Géronte.

UNE COMÉDIE CLASSIQUE

Au XVIIe siècle, composer une comédie peut s'avérer risqué. Opposée à la tragédie, genre classique par excellence, la comédie est en effet mal perçue. Pour qu'elle soit acceptable, elle se doit d'être composée selon des caractéristiques établies. Molière ne peut qu'observer ces règles s'il ne veut pas voir sa pièce interdite. Ainsi, *Les Fourberies de Scapin* se présentent comme une œuvre classique respectant les règles de l'Académie et dont le comique est contrôlé.

La règle des trois unités est respectée : les fourberies du valet réalisées afin de venir en aide à Léandre et à Octave se déroulent en une seule journée, dans un même lieu, le port de Naples. Il en va de même pour la règle de bienséance : Scapin reçoit l'autorisation de Léandre de corriger son père, et la fin réconcilie le valet et le maître. Dès lors, aucun crime n'est commis, aucune atteinte n'est portée au bon goût, et toute l'action est vraisemblable, l'histoire relatant une querelle familiale ordinaire dont la fin est heureuse.

Si la comédie doit faire rire, son comique doit pouvoir s'expliquer et s'analyser. Molière, qui excelle dans l'art du rire, développe donc une série de procédés comiques destinés à contrôler ce rire. Pour ce faire, il a recours à différentes formes du comique :

- **le comique de gestes** se manifeste par l'enfermement de Géronte dans un sac, par les coups de bâton que Scapin lui assène ou encore par les mouvements d'épée de Silvestre déguisé en spadassin ;

> « SCAPIN – Il faut, dis-je, que vous vous mettiez là dedans, et que vous gardiez de remuer en aucune façon. Je vous chargerai sur mon dos, comme un paquet de quelque chose, et je vous porterai ainsi au travers de vos ennemis, jusque dans votre maison, où quand nous serons une fois, nous pourrons nous barricader, et envoyer quérir main-forte contre la violence.
> GÉRONTE – L'invention est bonne.
> SCAPIN – La meilleure du monde. Vous allez voir. (À part) Tu me paye-ras l'imposture.
> GÉRONTE – Eh ?
> SCAPIN – Je dis que vos ennemis seront bien attrapés. Mettez-vous bien jusqu'au fond, et surtout prenez garde de ne vous point montrer, et de ne branler pas, quelque chose qui puisse arriver. » (p. 130-131)

- **le comique de mots** transparaît dans les répétitions de la formule « la galère » par Géronte, par les quiproquos, les imitations d'accent de Scapin ou le langage particulier utilisé par le spadassin ;

> « SILVESTRE – C'est ce que je demande, morbleu ! c'est ce que je demande. (Il met l'épée à la main, et pousse de tous les côtés, comme s'il y avait plusieurs personnes devant lui) Ah, tête ! ah, ventre ! Que ne le trouvé-je à cette heure avec tout son secours ! Que ne paraît-il à mes yeux au milieu de trente personnes ! Que ne les vois-je fondre sur moi les armes à la main ! Comment, marauds, vous avez la

hardiesse de vous attaquer à moi ? Allons, morbleu ! tue, point de
quartier. Donnons. Ferme. Poussons. Bon pied, bon œil. Ah ! coquins,
ah canaille, vous en voulez par là ; je vous en ferai tâter votre soûl.
Soutenez, marauds, soutenez. Allons. À cette botte. À cette autre.
À celle-ci. À celle-là. Comment, vous reculez ? Pied ferme, morbleu !
pied ferme. » (p. 100)

- **le comique de situation** apparaît lorsque Zerbinette raconte
  par mégarde à Géronte les tours que Scapin lui a joués ou,
  lorsqu'après l'avoir menacé de son épée, Léandre supplie Scapin
  de lui venir en aide ;

« LÉANDRE – Ah ! mon pauvre Scapin, j'implore ton secours.
SCAPIN, passant devant lui avec un air fier. – "Ah ! mon pauvre Scapin."
Je suis "mon pauvre Scapin".
[...]
LÉANDRE – Je te conjure d'oublier mon emportement, et de me prêter
ton adresse.
OCTAVE – Je joins mes prières aux siennes.
SCAPIN – J'ai cette insulte-là sur le cœur.
OCTAVE – Il faut quitter ton ressentiment.
LÉANDRE – Voudrais-tu m'abandonner, Scapin, dans la cruelle extrémité
où se voit mon amour ?
SCAPIN – Me venir faire à l'improviste un affront comme celui-là !
LÉANDRE – J'ai tort, je le confesse.
SCAPIN – Me traiter de coquin, de fripon, de pendard, d'infâme !
LÉANDRE – J'en ai tous les regrets du monde.
SCAPIN – Me vouloir passer son épée au travers du corps !
LÉANDRE – Je t'en demande pardon de tout mon cœur ; et s'il ne tient
qu'à me jeter à tes genoux, tu m'y vois, Scapin, pour te conjurer encore
une fois de ne me point abandonner. » (p. 78-80)

- **le comique de caractère** est perceptible dans la colère des pères
  et l'avarice de Géronte.

Ces divers procédés permettent de donner une explication au rire suscité par la pièce et donc d'éloigner l'œuvre du registre de la farce, genre méprisé à l'époque par l'autorité.

UNE ŒUVRE INSPIRÉE D'AUTRES PIÈCES

La critique a souvent reproché à Molière de copier les Anciens et de s'inspirer d'autres textes de son époque. Les reprises, il est vrai, sont parfois trop évidentes. Cependant, l'intertextualité que l'on retrouve dans l'œuvre de Molière et dans *Les Fourberies* témoigne de son ancrage classique. Depuis son plus jeune âge, Molière lit les œuvres de ses prédécesseurs et de ses contemporains. S'en inspirer est donc une marque de style.

Les sources de la pièce sont nombreuses. L'intrigue initiale est inspirée de l'œuvre *Phormion* de Térence (auteur comique latin, vers 185-159 av. J.-C.) dans laquelle on retrouve deux jeunes hommes : l'un, marié sans le consentement de son père, tente de faire accepter ses noces ; l'autre, amoureux d'une jeune femme enlevée, tente de soutirer la rançon exigée à son père. Le canevas est le même que celui des *Fourberies*.

Molière s'est également inspiré de la pièce de Jean Rotrou (dramaturge français, 1609-1650) intitulée *La Sœur* (1647) à laquelle il emprunte presque mot pour mot un dialogue qu'il place à la scène I de l'acte I entre Octave et Silvestre.

Le récit de l'enlèvement de Léandre inventé par Scapin reprend largement celui du *Pédant joué* de Cyrano de Bergerac (écrivain français, 1619-1655), jusqu'à la reprise de la célèbre réplique : « Que diable allait-il faire dans cette galère ? » (p. 71)

Enfin, l'influence italienne n'est pas à négliger. Le personnage de Scapin trouve son origine et son nom dans le personnage Scappino, le valet frondeur de *L'Inavertito* de Barbieri (1576-1641), mais également dans divers personnages rusés et fourbes de la Commedia dell'arte.

Comme l'a souligné l'écrivain Christophe Mory, il est vrai que Molière « vole arguments, caractères, situations, intrigues et vers, et [qu'] il transforme ses larcins à l'aune de lui-même, donnant une unité à toutes ses pièces, unité qu'on appelle œuvre [et qui fait] son génie » (*Molière*, Paris, Gallimard, 2007, p. 128). Ainsi, si Molière joue avec les textes et s'en inspire, il convient de noter qu'il les sublime par une éloquence remarquable.

LA RÉCEPTION DES
FOURBERIES DE SCAPIN

DES CRITIQUES PARTAGÉS

Les Fourberies de Scapin est représentée pour la première fois le 24 mai 1671 au Palais-Royal. Si la représentation ne donne pas naissance à un scandale, elle ne produit pas non plus le triomphe auquel s'attendait l'auteur. La pièce fait rire certes, elle ne dénonce personne certes, le rythme est bondissant certes, mais l'accueil n'est pas chaleureux pour autant. Molière doit se rendre à l'évidence : les comédies à l'ancienne ne suscitent plus l'intérêt du public qui préfère de loin les pièces à grand spectacle comme *Psyché*.

Un mois à peine après la première, la pièce est retirée de l'affiche du théâtre. Molière fait une nouvelle tentative en juillet, mais le succès n'est toujours pas au rendez-vous. Ainsi, du 24 mai au 18 juillet, on ne compte que 18 représentations des *Fourberies de Scapin* jusqu'à la grande première de *Psyché*. La pièce ne sera plus jouée du vivant de l'auteur.

Bien qu'elle respecte en tous points les règles de la comédie, les critiques de l'époque lui reprochent son immoralité, la grossièreté de son comique, son manque de pédagogie, son mélange des genres, mais aussi et surtout sa ressemblance avec la farce.

> « Étudiez la cour et connaissez la ville :
> L'une et l'autre est toujours en modèles fertile.
> C'est par là que Molière, illustrant ses écrits,
> Peut-être de son art eût remporté le prix,
> Si, moins ami du peuple, en ses doctes peintures,
> Il n'eût point fait souvent grimacer ses figures,

> Quitté, pour le bouffon, l'agréable et le fin, Et, sans honte, à Térence
> allié Tabarin.
> Dans ce sac ridicule où Scapin s'enveloppe,
> Je ne reconnais plus l'auteur du *Misanthrope*. » (BOILEAU, *Art poétique*,
> Chant III, v. 391-400, 1674)

D'autres, au contraire, célèbrent le génie de Molière, la qualité de
son éloquence et la puissance de son comique.

> « Plaute n'aurait pas rejeté le jeu même du sac, ni la scène de la
> galère, et se serait reconnu dans la vivacité qui anime l'intrigue. »
> (« *Les Fourberies de Scapin* », in *Le Mercure de France*, mai 1736)

Enfin, d'autres encore, plus nuancés, concèdent la grossièreté tout
en reconnaissant les qualités rhétoriques.

> « On pourrait répondre à ce grand critique [Boileau] que Molière n'a
> point allié Térence avec Tabarin dans ses vraies comédies où il surpasse
> Térence, que, s'il a déféré au goût du peuple, c'est dans ses farces,
> dont le seul titre annonce du bas comique et que ce bas comique était
> nécessaire pour soutenir sa troupe. Molière ne pensait pas que *Les
> Fourberies de Scapin* ou *Le Mariage forcé* valussent *L'Avare*, *Le Tartuffe*,
> *Le Misanthrope*, *Les Femmes savantes*, ou fussent du même genre. »
> (VOLTAIRE, « Sommaire des *Fourberies de Scapin* », in *Œuvres complètes*,
> t. 47, Paris, 1784)

POSTÉRITÉ DE L'ŒUVRE

Malgré le succès mitigé et l'inintérêt certain de l'époque, *Les Fourberies
de Scapin* connaissent un véritable triomphe après la mort de Molière.
L'accueil peu chaleureux de 1671 ne correspond en rien au succès des
années et des siècles suivants.

Dès 1673 et jusqu'à la mort de Louis XIV en 1715, la pièce est représentée trois fois à la cour et 197 fois à la ville. Depuis 1680 jusqu'en 1998, on en dénombre 1 453 représentations au théâtre de la Comédie-Française. C'est dire l'approbation générale qu'elle remporte !

REPRISES ET ADAPTATIONS CINÉMATOGRAPHIQUES

Depuis le XVIIe siècle, les plus grands metteurs en scène de théâtre et de cinéma se sont intéressés aux *Fourberies de Scapin*. Des acteurs de grande renommée se sont ainsi succédés dans le rôle du valet fourbe, tels que notamment Dugazon (1746-1809) au XVIIIe siècle, Monrose (1783-1843) et Coquelin (1841-1909) au XIXe, ou encore Louis Jouvet (1887-1951) et Daniel Auteuil (né en 1950) au XXe.

Au fil des siècles, la pièce connaît de nombreuses modifications. Comme toute adaptation, celles des *Fourberies de Scapin* ne restent pas toujours fidèles à l'œuvre telle que Molière l'a écrite en 1671. Chaque metteur en scène apporte sa touche personnelle et son interprétation. Jusqu'au XIXe siècle, la pièce est généralement jouée en costumes d'époque, sans que l'on puisse réellement constater de modifications remarquables. Au XXe siècle, il en va tout autrement. En janvier 1922, lors du tricentenaire de la naissance de Molière, l'intégralité de ses œuvres est rejouée, et *Les Fourberies de Scapin* se voit accorder un nouveau décor lumineux aux accents méditerranéens ainsi que de nouveaux costumes.

Lorsqu'en 1673, Molière joue la dernière scène de sa vie, il ne se figure pas une seule seconde le destin prodigieux des *Fourberies*. Le peu d'engouement du public face à Scapin et ses ruses ne laisse en rien présager que cette pièce finira par devenir l'une des plus jouées du répertoire moliéresque. Les goûts ont-ils changé ? Sûrement. La ressemblance avec la farce qui dérangeait les contemporains de Molière est-elle le sésame du succès futur ? Peut-être. Toujours est-il que le valet fourbe aux mille et un subterfuges passe à la postérité et que le sac ridicule que critiquait Boileau continue inlassablement de faire rire le public !

BIBLIOGRAPHIE

SOURCES BIBLIOGRAPHIQUES

- Bomati (Yves), « Contextes », in *Les Fourberies de Scapin*, Paris, Larousse, 1998.
- Boileau, *Art poétique*, chant III, v. 391-400, 1674.
- Fénelon, « Lettre à l'Académie (VII), 171 Robinet, Lettre en vers à Monsieur, 30 mai 1671 », in Lettre sur les occupations de l'Académie, Paris, C. Delagrave, 1897.
- « *Les Fourberies de Scapin* », in *Le Mercure de France*, n° 5, mai 1736.
- « *Les Fourberies de Scapin* », in *Comedie-francaise.fr*, consulté le 13 octobre 2015. http://www.comedie-francaise.fr/histoire-et-patrimoine.php?id=387
- Molière, *Les Fourberies de Scapin*, Paris, Gallimard, 2013.
- Monférier (Jacques), « Notice », in *Les Fourberies de Scapin*, Paris, Larousse, 1972.
- Mory (Christophe), *Molière*, Paris, Gallimard, 2007.
- Serroy (Jean), « Scapin dramaturge », in *Théâtre et dramaturgie. Hommage à Pierre Monnier. Recherches et travaux*, Grenoble, Bulletin de l'université, n° 34, 1988.
- Voltaire, « Sommaire des *Fourberies de Scapin* », in *Œuvres complètes*, t. 47, Paris, 1784.

SOURCES ICONOGRAPHIQUES

- Portrait de Molière. La photo reproduite est réputée libre de droits.
- *Louis XIV et Molière*, tableau de Jean-Léon Gérôme, 1862. La photo reproduite est réputée libre de droits.
- Argante se cache derrière Scapin lorsque Silvestre, déguisé en spadassin, entre en scène. La photo reproduite est réputée libre de droits.

QUELQUES ADAPTATIONS

- *Scapins gavtyvestreger*, mise en scène de Gabriel Axel, 1955, Danmarks Radio.
- *Les Fourberies de Scapin*, téléfilm de Jean Kerchbron, 1965, France.
- *Les Fourberies de Scapin*, film de Kris Betz, avec Bert André, Lucienne De Nutte et Dirk Decleir, 1970, Belgique.
- *Les Fourberies de Scapin*, pièce de théâtre mise en scène par Jacques Échantillon, avec Alain Pralon, 1973, France.
- *Scapins rackartyg*, téléfilm de Kurt-Olof Sundström, avec Ulf Brunnberg, Tod Isedal et Gunilla Larsson, 1976, Suède.
- *Les Fourberies de Scapin*, pièce de théâtre mise en scène de Pierre Boutron, avec Francis Perrin et Magali Renoir, 1978, France.
- *Les Fourberies de Scapin*, film réalisé par Roger Coggio, avec Michel Galabru, Jean-Pierre Darras et Maurice Risch, 1980, France.
- *Skapenis oinebi*, téléfilm de Giorgi Kalatozishvili, avec Archil Gomiashvili, Guram Lortkipanidze et Leo Antadze, 1985, Russie.
- *Les Fourberies de Scapin*, pièce de théâtre mise en scène par Jean-Pierre Vincent, avec Daniel Auteuil, 1990, France.
- *Les Fourberies de Scapin*, pièce de théâtre mise en scène par Jean-Luc Moreau, 1995, France.
- *Les Fourberies de Scapin*, pièce de théâtre mise en scène de Jean-Louis Benoît, avec Philippe Torreton, 1998, France.
- *Les Fourberies de Scapin*, pièce de théâtre mise en scène par Pierre Fox, avec Damien Gillard, 2004, France.
- *Le Nouveau Scapin*, pièce de théâtre mise en scène par Gaëlle Chalude, 2005, France.
- *Les Fourberies de Scapin*, pièce de théâtre mise en scène par Arnaud Denis, avec Jean-Pierre Leroux et les Compagnons de la Chimère, en 2006, France.
- *Les Fourberies de Scapin*, pièce de théâtre mise en scène par Denise Filiatrault, 2011, Canada.

Éditeur responsable : Lemaitre Publishing
Avenue de la Couronne 382 | B-1050 Bruxelles
info@lemaitre-editions.com

ISBN ebook : 978-2-8062-6903-4
ISBN papier : 978-2-8062-6904-1
Dépôt légal : D/2016/12603/73